# Crisis de talento

# ¡Listo, Calixto!

# Crisis de talento

## ABBY KLEIN

ilustrado por
## JOHN MCKINLEY

## SCHOLASTIC INC.
New York  Toronto  London  Auckland
Sydney  Mexico City  New Delhi  Hong Kong

A los mejores abuelos del mundo:
Papa Bob, Grammy Audrey,
Papa Harry y Grammy Shirley.
¡Los quiero con todo mi corazón!
—A. K.

Originally published in English as *Ready, Freddy! Talent Show Scaredy-Pants*
Translated by Íñigo Javaloyes.

ISBN 978-0-545-23989-9

Special thanks to Robert Martin Staenberg.

12 11 10 9 8 7 6 5 4 3 2 1          10 11 12 13 14 15/0

Printed in the U.S.A.          40
First Spanish printing, September 2010

# CAPÍTULOS

Tengo un problema.
Un problema muy,
pero que muy serio.
Hay que hacer una demostración
de talento en la clase,
¡y yo no tengo ningún talento!

Ahora mismo te lo cuento.

# CAPÍTULO 1

# Damas y caballeros

—Presten atención —dijo la Srta. Prats—. El lunes que viene celebramos en la escuela el Día de los Abuelos. Así que los abuelos de todos ustedes están invitados a pasar el día con nosotros.

Robi levantó la mano.

—Una cosa, Srta. Prats, es que mis abuelos no viven aquí.

—Yo ni siquiera tengo abuelos —dijo Maxi.

—No se preocupen, chicos —dijo la Srta. Prats—. Pueden invitar a un vecino o un amigo de la familia, lo importante es que vengan. Quiero que hagan un espectáculo para nuestros invitados especiales.

Levanté la mano.

—¿Sí, Calixto? —dijo la Srta. Prats.

—¿Quiere decir que tenemos que hacer algo delante de *todos* los abuelos?

—Claro que quiere decir eso, bobo —dijo Cleo amoldándose sus rojizos bucles y esbozando su sonrisa de diva—. ¡Vamos a ser las estrellas!

—No me parece tan buena idea —dije tragando en seco.

Se me retorcía el estómago sólo de pensarlo.

—¿Por qué no? —dijo Sonia.

—Eso, ¿por qué no? —añadió Maxi—. ¿Acaso el bebito de la clase tiene miedo escénico?

—Noooo —dije indignado, pero antes de que pudiera defenderme la Srta. Prats me interrumpió.

—Basta ya, Maxi. Calixto, no te preocupes. Te prometo que lo vas a pasar en grande. Hago esto todos los años y los abuelos se divierten muchísimo. Y ahora quiero que piensen en un número para el espectáculo. ¿A alguien se le ocurre algo?

Cleo levantó la mano enseguida. Y en cuanto la Srta. Prats le dio permiso para hablar, se puso de pie y empezó a hacer saltitos de ballet.

—Puedo hacer la 'Danza del Hada del Azúcar' del ballet *Cascanueces* —dijo dando vueltas—. Seguro que me sale bien porque la he estado ensayando en la clase de ballet. Tengo hasta un disfraz con alas, una corona y un tutú adornado con dulces y...

—Qué presumida —le susurré a Robi, mi mejor amigo—. ¡Ojalá se siente de una vez!

—Oye, florecita —le dijo Maxi, agarrándola

del brazo—, por qué no dejas de presumir y te sientas de una vez.

—¡AAAAAY! ¡Suéltame! Srta. Prats, ¿vio lo que me hizo? —dijo Cleo cruzándose de brazos y poniendo carita de niña consentida—. Solo quería demostrarles mi talento.

—Maxi, controla tus manos. ¿Qué le tienes que decir a Cleo?

—Perdón —murmuró Maxi.

—¿Qué? No te oigo —dijo Cleo, tapándose las orejas con las manos—. Ya sabes que una disculpa no vale de nada a menos que la oigas.

—¡Perdón! —le gritó Maxi al oído.

—Basta ya, chicos —dijo la Srta. Prats—. Por favor, siéntense cada uno en un extremo de la alfombra. ¿Alguien tiene otra idea para el espectáculo?

Sonia levantó la mano.

—Sí, ¿Sonia?

—Puedo hacer un baile flamenco.

—¿Y por qué no un baile cotorra? —dijo Maxi haciéndose el gracioso—. ¿Vas a ponerte plumas?

—Maxi, para tu información, el flamenco

14

es un tipo de baile español. Mi abuela, que vive con mi mamá y conmigo, me enseña por las tardes. Es un poco complicado, pero creo que sé lo suficiente para participar en el espectáculo.

—¡Qué chévere! —dije—. Seguro que lo haces muy bien.

—Gracias, Calixto —respondió Sonia con una sonrisa.

—Oye, yo también bailo bien —dijo Cleo—. ¿Por qué no me lo has dicho a mí?

—Porque eres una niñita insoportable —le respondió Maxi.

—¿Qué has dicho? —dijo Cleo clavándole la mirada.

—¡Se acabó! —dijo la Srta. Prats—. Ustedes dos, siéntense en estas sillas y no quiero volver a oírles decir ni *mu,* a menos que quieran ir a la oficina del Sr. Pendergast.

—Oh, oh —le susurré a Robi al oído. El Sr. Pendergast es nuestro director. Le decimos el Zorrillo porque tiene muy mal aliento.

—Me parece una idea estupenda, Sonia —dijo la Srta. Prats—. Me encanta el flamenco y me parece una manera ideal de representar a tu cultura. ¿Alguna otra idea?

Los niños siguieron levantando la mano. Todos tenían una idea para el espectáculo. Todos menos yo. No tenía ningún talento que demostrar. ¿Qué podía hacer? Ni siquiera sé silbar.

—Muy bien, los he apuntado a todos en mi lista —dijo la Srta. Prats—, menos a ti, Calixto. ¿Qué te gustaría hacer?

—No sé —murmuré.

—Seguro que hay mil cosas que sabes hacer. ¿Qué te parece si cantas una canción?

Te gustan los tiburones, ¿no? ¿Por qué no cantas una canción sobre tiburones? Seguro que conoces alguna.

¿Se había vuelto loca? No canto bien ni en la ducha, y no estaba dispuesto a hacer el ridículo delante de todos los abuelos.

—No, no canto bien.

— ¿Qué tal si cuentas chistes?

—No. No sé contarlos con gracia.

—Bueno, ¿tocas algún instrumento?

—No.

La Srta. Prats empezaba a frustrarse, pero qué podía hacer si estaba frente a un inútil. Un inútil sin talento.

—Bueno, ¿por qué no lo piensas esta noche y me dices mañana?

—Sí, claro —respondí, pero unas horas más no iban a servir de nada, a menos que alguien me concediera un talento por arte de magia.

# CAPÍTULO 2

# ¡Inútil!

Cuando íbamos de vuelta a casa en el autobús, me dejé caer junto a Robi, eché la cabeza hacia atrás y suspiré. Se me tenía que ocurrir algo para el espectáculo de talento. Me di una palmada en la frente y dije en voz alta, "Piensa, piensa, piensa".

—No te preocupes, seguro que se te ocurre algo —dijo Robi—. Se te dan bien un montón de cosas.

—¿Ah, sí? —respondí—. Dime una sola.

—Eres el mejor jugador de quemados en

la historia de la Escuela Elemental Lincoln.

—¡Ah, muy bien! ¿Y qué sugieres que haga? ¿Pedir a todos los abuelos que me lancen pelotas y esquivarlas por el escenario?

—Bueno, eres muy bueno atrapando insectos. Podrías conseguir algunos insectos interesantes y llevarlos.

—Ya me lo estoy imaginando… Todas las abuelas gritando horrorizadas mientras les enseño una mosca de las gordas y les digo lo hermosa que es.

—Ah, ya lo tengo —insistió Robi—. Eres un experto en tiburones. Podrías hacer una representación sobre tiburones y…

—Acéptalo, Robi —dije—, no sé hacer nada. Soy un inútil.

Apoyé la cabeza contra el respaldo de mi asiento y cerré los ojos.

—¡Calixto es un i-nú-til! ¡Calixto es un i-nú-til!

¡Oh, no! ¿Estaba oyendo eso de verdad? ¿Estaba oyendo a Maxi, el peor abusón de todo primer grado, decir en el autobús que yo era un inútil? Abrí los ojos y... sí, efectivamente. Ahí estaba Maxi, con las manos a los lados de la boca gritando una y otra vez:

—¡Calixto es un i-nú-til! ¡Calixto es un i-nú-til!

—¡Cierra el pico, bocazas! —susurré enojado.

—¿Qué dijiste? —dijo él mientras giraba bruscamente hacia mí.

—Quién, ¿yo? —pregunté encogido en mi asiento.

—Sí, tú —insistió, clavándome el dedo índice en el pecho.

—Solamente dije que no me gusta el pan con mostaza.

—Ya decía yo, inútil.

Me froté el pecho mientras él se acomodaba nuevamente en su asiento.

—No dejes que te afecte —me susurró Robi.

—No puedo evitarlo —dije y me quedé mirando la coronilla de Maxi—. Estúpido, cretino, cabezón.

—¿Qué has dicho, Inútil? —preguntó Maxi levantándose de golpe y agarrándome la camiseta.

Caramba, este tipo debe tener un oído ultrasónico.

—Dije que me gustaría mucho comer un bombón.

—Yo he oído otra cosa —replicó Maxi agarrándome con más fuerza todavía. Apenas podía respirar.

—Yo sí he oído eso —dijo Robi—. Y estoy sentado a su lado.

Robi me hizo un gran favor. De hecho creo que me salvó la vida.

—¿Seguro? —preguntó Maxi.

—Segurísimo —replicó Robi asintiendo con la cabeza.

—Si tú lo dices —dijo Maxi, y me soltó la camiseta.

—Te debo una —le susurré a Robi.

—Claro que no —dijo él—. ¿Para qué están los amigos?

# CAPÍTULO 3

# ¿Puedes hacerme desaparecer?

—Calixto, ya sabes que queda una semana para el Día de los Abuelos —dijo mamá esa noche a la hora de la cena—. He hablado con tus abuelos Dave y Rose y dicen que se mueren de ganas de visitar tu escuela.

—Bueno, pues que no se entusiasmen demasiado —dije—. Tal vez sea mejor que se queden en casa.

—¡Qué va! —dijo Susi, mi hermana

mayor—. Recuerdo cuando celebramos el Día de los Abuelos en primer grado, ¡fue divertidísimo! Los abuelos se sientan contigo en la alfombra y almuerzan en el comedor. Lo más divertido es el espectáculo de talento.

—¿Un espectáculo de talento? —preguntó mi papá.

—Los niños hacen un espectáculo para todos los abuelos. ¿No recuerdas que cantamos la canción del arco iris y todos los abuelos se pusieron a llorar?

—Claro que me acuerdo —dijo mamá—. La abuela Rose dijo que fuiste la mejor, la estrella del espectáculo.

—La estrella del espectáculo, la estrella

del espectáculo —murmuré—. Me están dando ganas de vomitar.

—Bueno, Calixto, ¿y qué vas a hacer tú para el espectáculo? —preguntó mamá.

—Ni idea —dije encogiéndome de hombros.

—¿No hizo la Srta. Prats una lista de números para el espectáculo? —preguntó Susi.

La chismosa de mi hermana no pudo mantener cerrada la boquita.

—Sí, la hizo hoy —respondí.

—Déjame adivinar —dijo mamá—. Vas a cantar, como Susi.

¿Cantar? ¿Se había vuelto loca?

—No sé cantar, mamá.

—¿Cómo que no sabes cantar? Te oigo cantar todos los días en la ducha a pleno pulmón. "La cucaracha, la cucaracha, ya no puede caminar, porque no tiene, porque le falta..."

—En la ducha sí, ¡pero no en frente de un grupo de gente! Primero muerto que levantarme y cantar ante una audiencia.

—No, espera. Puedes hacer un número de malabarismo —dijo papá.

¿Malabarismo? ¿De dónde habría sacado semejante idea?

—Papá, ¿no te acuerdas de la última vez que intenté hacer malabares? Casi mato al pobre Mako.

—¿Sí?

—Sí. Estaba ensayando con naranjas en mi cuarto y se me cayó una. Acabó en la pecera de Mako y no lo aplasté de milagro.

—¿Estabas jugando con naranjas en el cuarto? —dijo mamá—. Te he dicho mil veces que no quiero que lleves comida al cuarto.

—No me las estaba comiendo. Las estaba

usando para hacer malabares. Además, papá estaba allí. Me dijo que estaba bien.

Mamá le lanzó una mirada asesina.

—¿Es verdad, Daniel? ¿Por qué no me lo habías dicho?

—No te molestes —dijo papá.

—Las reglas son para todos y no me gusta que las cambies por tu cuenta.

—¿Podemos dejar esta discusión para luego? —dijo papá—. Lo que más me interesa ahora es saber qué va a hacer Calixto en el espectáculo.

—Sí, a mí también —dijo mi hermana. ¿Por qué tiene que meterse en todo?

—Ya les dije. No he decidido.

—Pues creo que va siendo hora de que pienses en algo —dijo mamá.

—Ya lo sé.

—¿Qué ha dicho la Srta. Prats? —preguntó Susi.

—No es asunto tuyo —le dije.

—Calixto, no le hables así a tu hermana —dijo mamá—. Respóndele.

—Me ha dicho que le puedo dar una respuesta mañana.

—Bueno, te ayudaremos a pensar en algo para entonces —dijo papá.

—Buena suerte —dije—, porque soy un inútil sin talento.

—En eso tienes razón —dijo Susi riéndose.

—Susi, ¿cómo puedes decirle algo tan feo a tu hermano? Calixto es un chico muy talentoso.

—Te equivocas —contesté—, a menos que alguien de esta familia sepa hacer un encantamiento mágico.

—Acabas de darme una idea —dijo papá.

# CAPÍTULO 4

# Un poco de magia

—¿Te acuerdas del juego de magia que le regaló el abuelo Dave a Susi para su cumpleaños? —preguntó papá.

—Sí —respondí empezando a adivinar sus intenciones.

—Si quieres, podría enseñarte un par de trucos para que los presentes en el espectáculo. ¿Qué te parece?

—Oye, ese es *mi* juego de magia; el abuelo Dave me lo regaló a mí —protestó mi hermana.

—¿No puedes compartirlo con tu hermano? —preguntó mamá.

—¿Y si pierde una pieza?

—No perderé ninguna pieza.

—Ah, ¿no? Te pasas el día perdiéndome cosas.

—No.

—Sí.

—No.

—Sí.

—¡Basta ya! —dijo mamá dando dos palmadas—. Susi, por supuesto que puedes prestárselo a tu hermano.

—Pero...

—No hay peros que valgan —dijo papá—. Calixto lo puede usar y si pierde alguna pieza yo te compro uno nuevo. Ahora ve y tráelo.

—Perfecto —dijo, y se marchó molesta a buscar el juego de magia.

Estaba empezando a animarme. Hacer trucos de magia no era mala idea. Nadie de mi clase había sugerido esa idea.

—Papá, no tenía ni idea de que supieras hacer magia —le dije.

—El abuelo Dave me enseñó algunos trucos cuando tenía tu edad. A veces hacía sesiones de magia para los niños de mi barrio. Me decían Daniel el Grande.

La idea me gustaba cada vez más. Calixto el Grande sonaba mucho mejor que Calixto el Inútil. Susi apareció de repente con el juego de magia y me lo arrojó contra el pecho con tanta fuerza que casi me caigo al piso.

—Ahí lo tienes, cabezón. Más te vale que no me pierdas ninguna pieza porque si no te vas a arrepentir.

—Susiiii —dijo papá—, aparta el dedo de la cara de tu hermano. Vas a darle en el ojo. Ya te he dicho que no va a perder ninguna pieza. Si no puedes compartir con tu hermano, creo que lo mejor será dejar de comprarte juguetes.

—¡NO ES JUSTO! —protestó Susi dando un pisotón.

—A mí no me levantes la voz, jovencita —dijo papá—. Y ahora vete a tu habitación a tranquilizarte. No salgas hasta que hables como una persona normal.

—¡NO, NO Y NO! —gritó—. No pienso ir.

—Ah, por supuesto que sí —dijo mamá mientras la agarraba del brazo y la llevaba a su cuarto entre gritos y llantos.

—Oye, papá, ¿sabrías hacer desaparecer a Susi por arte de magia? —pregunté.

—¡Calixto! —dijo papá aguantando la

risa. Estaba claro que le había hecho gracia—. Bueno, echemos un vistazo al libro de instrucciones. Vienen 150 trucos en total. Estoy seguro de que podemos encontrar alguno que deje a tus amigos patidifusos.

En la caja había una foto de un niño disfrazado de mago sacando un conejo de un sombrero.

—Oye, papá, ¿puedes enseñarme a hacer eso?

—¿A hacer qué?

—A sacar un conejo de un sombrero.

—Por supuesto. Cualquier mago de verdad conoce ese viejo truco. De hecho es bastante fácil y, si no me equivoco, este juego viene con un conejo de peluche incluido.

—¡Qué bien! —dije. Podía imaginar a todos mis amigos boquiabiertos y a los abuelos aplaudiendo como locos. Al igual que Susi, yo sería la estrella del espectáculo.

Papá me pasó la mano por delante de la cara.

—Tierra a Calixto. Tierra a Calixto. ¿Me copias?

—Claro que sí, papá.

—Lo único que necesitas para hacer este truco es este sombrero especial y el conejo de peluche.

—Estupendo.

—Fíjate —dijo—, el sombrero tiene un fondo falso. El público cree que está mirando el fondo del sombrero, pero en realidad es una solapa que se levanta para esconder al conejo adentro.

—¡Ah!

—Antes de empezar el truco, cuando

nadie mire, mete el conejo debajo. Así.

Papá abrió la solapa y metió el conejo de peluche.

—¿Ves? Ahora parece que está vacío.

Le quité el sombrero de las manos. Parecía uno normal y corriente.

—Este truco va a causar sensación.

—Ahora mira atentamente, voy a enseñarte cómo se hace. Sujeta el sombrero por el ala, con la solapa hacia ti. Enséñaselo al público inclinándolo un poco para que vean que está vacío. Luego pasa tu varita mágica sobre él y di, "Abracadabra, ahora voy a sacar un conejo de mi sombrero". Cambia el sombrero de mano para que se abra la solapa. Y luego, ¡tachán!, sacas el conejo.

—¡Es increíble, papá! ¡Eres un genio! —dije abrazándolo.

—Bueno, ahora te toca a ti.

Me pasó el sombrero.

—Recuerda, la primera vez inclinas la solapa hacia a ti y la segunda vez hacia el lado opuesto.

—Sí, creo que lo entiendo.

Me aclaré la garganta.

—Damas y caballeros, ahora Calixto el

Grande va a sacar un conejo del sombrero. Fíjense atentamente. Como ven, en este sombrero no hay ningún conejo —dije inclinándolo hacia papá—. Y ahora sacaré un conejo. ¡Abracadabra!

Me cambié el sombrero de mano para que se abriera la tapa y saqué el conejo.

—¡Tachán!

—Fantástico, Calixto —dijo papá—. Lo haces de maravilla.

—Hagamos otro.

En ese instante mamá entró en la habitación.

—Bueno, señores, es tarde. Mañana ensayarán más trucos.

—Mami, por favor.

—No. Ya deberías estar en la cama y mañana tienes escuela. Sube a lavarte los dientes y a bañarte. Enseguida subo.

—Bueno, ahora voy.

Mientras subía las escaleras pensé que quizá algún día sería capaz de cambiar la hora del reloj por arte de magia para acostarme cuando me diera la gana. Pero no era lo suficientemente bueno... ¡por ahora!

# CAPÍTULO 5

# ¿Es un conejo de verdad?

A la mañana siguiente salí corriendo a la parada del autobús. Me moría de ganas de contar a todo el mundo lo que iba hacer para el espectáculo de los abuelos. De la noche a la mañana, Calixto el Inútil se había transformado en Calixto el Grande. Cuando llegó el autobús, subí de un brinco y pasé junto a Maxi con la cabeza bien alta.

—Mira quien está aquí —dijo Maxi con

una sonrisa socarrona—. Es Calixto el Inútil. Creo que veo una I bien grande en tu frente —dijo, formando una "I" con los dedos.

—Pues entonces creo que necesitas unos lentes —le dije mientras me sentaba junto a Robi—, porque ya he dejado de ser un inútil.

—¿Ah, sí?

—Así es, a partir de ahora puedes llamarme Calixto el Grande.

—De acuerdo, Calixto el Cabeza Grande.

No hice caso de su estúpido comentario y seguí hablando.

—Tengo un número sensacional para el espectáculo.

—¿De verdad? —dijo Maxi levantando las cejas—. Veamos. En vez de hacer animales con globos, vas a hacer animales con tus mocos.

Varios niños se rieron a carcajadas. Me dieron ganas de llorar, pero contuve las lágrimas y respiré hondo. No estaba dispuesto a que Maxi me arruinara el día. Al fin y al cabo, yo era Calixto el Grande.

—No, te vuelves a equivocar. Voy a hacer un acto de magia. Voy a sacar un conejo de un sombrero —dije sacando un conejo imaginario de mi gorra.

—¿Ah, sí?

—Sí.

—¿Un conejo vivo, de verdad?

—Puesss…

—¡Lo sabía! —gritó Maxi—. ¿Vas a sacar tu conejito de peluche?

—En realidad no es mío, es de mi hermana Susi —alcancé a contestar.

—Ay, ¡qué lindo! —se burló Maxi—. El

pequeño Calixtito va a jugar con su conejito de peluche.

Notaba el calor en la cara. Me hundí en mi asiento y deseé que me tragara la tierra.

—¡No le hagas caso, Calixto! —susurró Robi—. Creo que hacer trucos de magia es una idea estupenda.

—Gracias, Robi —dije, hundiéndome incluso más en mi asiento—. Sería estupendo tener un conejo de verdad. ¡Qué lástima que no tengas un conejito blanco! Tienes una salamandra y una pitón, pero no tienes ningún conejo.

—Te estás olvidando de Quesito, mi ratón. ¿Por qué no lo usas? Es pequeñito, suave y peludo, como un conejo.

—¿De verdad? ¿Estarías dispuesto a prestarme a Quesito para el espectáculo? —pregunté.

—Claro, ¿por qué no? No vas a hacerlo desaparecer para siempre, ¿verdad?

—Claro, sólo es un truco. ¿Puedes traerlo a mi casa después de la escuela para ensayar?

—Pero tu mamá no te deja tener animales en casa —dijo Robi.

—Tienes razón. Tendremos que colarlo sin que se entere. No creo que nos cueste mucho. Es tan pequeño que cabe en un bolsillo —dije y abracé a Robi—. Eres mi mejor amigo en el mundo entero. Gracias. ¿Qué haría yo sin ti?

—Esperemos no tener que averiguarlo nunca —respondió con una sonrisa.

# CAPÍTULO 6

# Magia roedora

—¡Yo abro! —grité corriendo escaleras abajo para llegar a la puerta antes que mamá.

Eran Robi y Quesito, y quería mantener a mamá lo más lejos posible del roedor. ¡Si se enteraba de que había metido un ratón en la casa se pondría furiosa! Está convencida de que las mascotas son sucias y malolientes. Nuestra casa está tan limpia que ni un ratón encontraría una miga en el piso.

—No abras la puerta sin preguntar primero quién es —dijo mamá desde su oficina.

—De acuerdo, mamá. Robi, ¿eres tú? —pregunté por detrás de la puerta.

—Sí, soy yo.

Abrí la puerta como un rayo y me acerqué a Robi para abrazarlo.

—¿Lo has traído? —pregunté.

—Ten cuidado que lo vas a aplastar —dijo abriendo el bolsillo del abrigo para enseñarme el animal.

—Hola, Quesito —susurré asomado al bolsillo de Robi—. Gracias por tu ayuda, pequeño amigo.

—A sus órdenes —respondió Robi poniendo vocecita de ratón.

—Vamos a mi cuarto corriendo antes de que mamá vea al ratón y le dé un ataque de histeria.

Subimos a toda prisa al cuarto y cerramos con un portazo. No quería arriesgarme a que Quesito se escapara.

—Si funciona será fantástico —le dije a Robi—. Maxi no volverá a llamarme *inútil* nunca más. Me convertiré en un Calixto el Grande hecho y derecho.

Robi se sacó a Quesito del bolsillo y lo miró de cerca.

—Bueno, Queso, ¿estás preparado para ser el ayudante especial de Calixto?

Saqué el sombrero mágico del armario y se lo llevé a Robi.

—¿Ves? El sombrero tiene un falso fondo —dije mientras levantaba la solapa—. Lo único que tengo que hacer es mantener a Quesito escondido en este lugar secreto hasta que llegue el momento de sacarlo. Creo que cabrá bien.

—Veamos —dijo Robi colocándolo delicadamente en el hueco secreto y tapándolo luego con la solapa.

—Cabe a la perfección —dije saltando y aplaudiendo de alegría—. Ahora siéntate en mi cama que te voy a hacer el truco.

Robi se dejó caer en la cama.

—Damas y caballeros, aquí en mis manos pueden ver un sombrero vacío. —Lo incliné un poco hacia Robi y pasé mi varita mágica por el interior—. Como pueden comprobar ustedes mismos, dentro del sombrero no hay nada. Ahora observen detenidamente. Diré mis palabras mágicas, Abracadabra y... ¡tachán! —exclamé sacando a Quesito del sombrero.

—¡Qué bien, Calixto! ¡Ha sido impresionante! —dijo Robi entusiasmado—. Parecías uno de esos magos de la tele.

—Este truco va a ser sensacional —dije sonriente—. Robi, eres el mejor.

Cuando parecía que todo estaba saliendo de maravillas, Susi irrumpió en el cuarto.

—Oye, cara de moco, ¿dónde está mi disco de las Superestrellas? —gruñó—. ¡Te he dicho mil veces que no lo toques!

El ruido repentino asustó a Quesito, que saltó de mis manos y se fue corriendo por el piso.

# CAPÍTULO 7

# ¡Detengan a ese roedor!

—¡AAAAAAH! ¡Hay un ratón en la casa!
—gritó Susi subiendo a mi cama de un
brinco.

—¡Quesito! ¡Quesito! ¡Ven aquí! —dijo
Robi mientras lo buscaba en cuatro
patas.

Corrí hasta mi cama para taparle la boca
a Susi.

—¡Calla! —dije—. Es Quesito, el ratón de Robi.

—Como mamá vea ese ratón asqueroso, te va a dejar encerrado toda la *vida* —dijo a través de mi mano.

—No es asqueroso, es muy lindo —dije—. Pero bueno, ¿nos vas a ayudar a capturarlo o no?

—Primero quítame la mano de la boca.

Bajé la mano.

—¿Y qué me vas a dar cambio? —preguntó Susi.

—Uff, no sé... ¿Te gustaría ser la jefa del control remoto de la tele durante una semana?

—Se nota que necesitas mi ayuda —dijo—. Bueno, trato hecho.

Luego enganchamos nuestros dedos meñiques y me miró fijamente a los ojos.

—¿Meñique de honor? —me preguntó.

—Meñique de honor. Y ahora vamos a buscarlo antes de que baje. Y recuerda, si ves a mamá, actúa como si nada. No quiero que se entere.

Nos pusimos todos en cuatro patas y seguimos a Robi, que ahora estaba en el cuarto de baño. Buscamos debajo de mi pijama de tiburones, que estaba tirado en el

piso. Nada. Miramos en mi montón de tiburones de juguete. Nada. Miramos incluso en mi ropa interior sucia. Nada de nada.

Capturar un ratón es más difícil de lo que imaginaba. Es tan pequeño que cabe casi en cualquier sitio, y no es como un perro que sale a buscarte en cuanto lo llamas. Quesito no estaba en el baño, así que miramos en el cuarto de Susi, en el cuarto de mis padres y en su baño. Nada. Entendí por qué se dice eso de "más callado que un ratón".

—¿Dónde podrá estar? —dije muerto de impaciencia—. Si no lo encontramos, estoy acabado.

Y entonces lo oí.

—¡AAAAAAAAH!

El grito de mamá casi raja los espejos de la casa.

—¡Ay, no! ¡Encontró a Quesito!

—Bueno, ha sido un gusto —dijo Susi dándome una palmadita en la espalda.

Todos bajamos corriendo a la cocina. Ahí estaba mamá, pero no había ni rastro del animal.

—Mamá, ¿estás bien? —pregunté.

— Sí, claro. Perdonen si los he asustado, niños. Acabo de quemar las galletas que estaba haciendo para el espectáculo de los abuelos. Ustedes sigan con lo que estaban haciendo.

Me había salvado por los pelos. No podía creer mi suerte. Pero aunque aún seguía con vida, lo cierto es que Quesito seguía suelto por la casa. Agarré a Robi y lo arrastré hasta el comedor.

—¿Dónde le gusta esconderse? —susurré.

—No lo sé. Nunca lo dejo suelto por la casa.

Seguimos gateando hasta el salón y entonces lo volvimos a oír.

—¡AAAAAAAAH!

—Me pregunto qué habrá quemado esta vez —dije.

Corrimos a la cocina y esta vez vimos a mamá subida en la mesa con una escoba en las manos.

—¡SOCORRO! ¡SOCORRO! —gritó—. ¡HAY UN RATÓN EN LA COCINA!

—¡La escoba! —dijo Robi—. ¿Qué está haciendo con la escoba?

Sabía que si mamá se enteraba de que había metido un ratón en la casa, me buscaría el lío de mi vida. Pero no podía permitir que le diera un escobazo al pobre Quesito.

—¡MAMÁ! ¡QUIETA! —exclamé.

—¡NIÑOS! ¡NO SE ACERQUEN! ¡HAY UN RATÓN EN CASA! —gritó. Tenía la mirada enloquecida y respiraba muy agitada.

—¡Ahí va! —gritó Robi mientras Quesito corría hacia el fogón.

—¡NO LO TOQUES! —gritó mamá—. ¡ESTÁ LLENO DE GÉRMENES!

Robi se lanzó al piso y capturó al ratón justo antes de que se escondiera bajo el fogón.

—¡SUÉLTALO! ¡SUÉLTALO! —dijo mamá jadeando.

—No pasa nada, Sra. Fin —dijo Robi con su ratoncito en la mano—. Es mío.

—¿Qu-é-é-é?

—Es Quesito, mi mascota. Es inofensivo.

Mamá se bajó lentamente de la mesa de la cocina.

—Bueno, al fin lo encontramos —dije.

—Calixto, ¿puedes explicarme qué está pasando aquí? —me dijo—. Exijo una respuesta inmediatamente.

—Esto no me lo pierdo —murmuró Susi.

—Bueno… verás… es queee…

No encontraba las palabras.

—Calixto Fin, como no me contestes en este preciso instante, vas a tener un castigo que no olvidarás en toda tu vida. Lo digo en serio.

Rompí a llorar.

—Lo siento, mamá —dije entre sollozos.

—Lo que pasa es que… Maxi… soy un inútil… no valgo para nada… y magia…

con un ratón… Calixto el Grande.

—Calixto, serénate y respira hondo. No he entendido ni una palabra.

—Sra. Fin, si me permite quisiera decir algo —dijo Robi.

—Claro, Robi, qué pasa.

—Maxi lleva mucho tiempo metiéndose con Calixto, así que Calixto pensó que si hacía un buen truco de magia en el espectáculo de los abuelos, se lo quitaría de encima de una vez por todas.

—Eso es, mamá —dije ya un poco más calmado—. Quería sacar un conejo de verdad de un sombrero, pero como no tengo un conejo le pedí a Robi que me prestara a Quesito para ensayar. Por favor, mamá, no te enfades. Quería que Maxi pensara que soy Calixto el Grande, no Calixto el Inútil.

—¡Ay, mi pequeño Calixto! —dijo mamá abrazándome—. No eres ningún inútil. Para mí siempre serás Calixto el Grande.

—¿No piensas castigarlo? —preguntó Susi.

Le clavé la mirada a Susi y le dije moviendo los labios en silencio, "gracias".

—No he dicho que no vaya a castigarlo —dijo mamá—. Calixto, aún estoy enfadada por haber traído un animal a casa sin pedirme permiso.

—Ya lo sé, mamá. Lo siento. Prometo no volver a hacerlo nunca más.

—¿Ya está? —dijo Susi—. ¿No va a sufrir ninguna consecuencia?

—¿Ahora tú eres su madre? Si mal no recuerdo, tú eres su hermana, no su madre —dijo mamá—. Esto no es asunto tuyo.

—Pero...

—Como vuelvas a abrir la boca serás tú quien reciba un castigo.

Susi se dio media vuelta y se marchó indignada.

—Se acabó el trato —dije.

—Vamos Robi, ahora te llevo a tu casa con tu Quesito —dijo mamá—. Y hazme un favor. ¡No vuelvas a traerlo a aquí nunca más!

# CAPÍTULO 8

# Abuelo
# el Grande

Meter un ratón en la casa me costó no ver televisión durante dos semanas. Además, tuve que prometer a mis padres que haría un truco de magia sin ningún tipo de animal.

—No pienso usar ese estúpido conejito de peluche —dije a papá—. Así que me he quedado sin trucos para mi número de magia. ¡Muchas gracias!

—Un momento, Calixto —dijo papá—.

Eso no es cierto. Hay muchos otros trucos que puedes hacer.

—¿Ah, sí? ¿Como cuál?

—¿Sabes qué necesitas?

—¿Qué? —respondí.

—Necesitas al Gran Mago en persona.

—¿A quién?

—Al abuelo Dave. Conoce trucos fabulosos. Vamos a llamarlo para preguntarle si puede venir mañana y enseñarte un par de cosas sobre magia.

Papá llamó al abuelo y el abuelo dijo que vendría a casa a darme una lección magistral.

Al día siguiente llegó el abuelo con una capa negra, un sombrero y una bolsa llena de trucos de magia.

—Hola, campeón —dijo levantándome en brazos—. ¿Qué te parece si hacemos un poco de magia?

—¿Puedes hacerme invisible para no tener que ir al espectáculo del lunes?

—Vamos, Calixto. ¿Quieres romperle el corazón a tu abuela? Ella espera que tú seas la estrella.

—¿De verdad?

—Sí, así que ven aquí y echemos un vistazo a mi manual de magos. Te enseñaré a hacer el truco que prefieras.

Hojeé el libro y me detuve en un truco llamado "un alfiler en el dedo". Si lo haces bien, todo el mundo creerá que te has clavado un alfiler a través del dedo gordo.

—Abuelo, este me parece muy bueno.

—Es uno de mis favoritos, campeón. Y te prometo que si lo haces, ese Maxi ya no te volverá a llamar bebé nunca más.

—¿De verdad, abuelo? ¿Me lo puedes

enseñar? ¿Es difícil?

—¡Qué va! Lo único que tienes que hacer es recortar un trozo de papa del tamaño de tu dedo pulgar. Luego sujetas el trozo en tu mano izquierda, escondes el resto de la mano en un pañuelo y finges que la papa es tu dedo. Luego dices, "Damas y caballeros, miren con atención. Voy a clavarme un alfiler en el dedo gordo". Y luego, lentamente, clavas un alfiler en tu dedo postizo.

—Fantástico.

—¿Qué otros trucos te gustaría aprender? Puedo enseñarte todos los que quieras.

Nos pasamos toda la tarde eligiendo los mejores trucos y ensayándolos. El abuelo me enseñó a hacer el "periódico Tom", que consiste en rasgar una hoja de periódico y unirla como por arte de magia; los "aros enganchados", en el que tres aros unidos entre sí se separan de manera inexplicable; y la "carta mágica", en la que el número de diamantes de una carta parece cambiar cada vez que la volteas.

—Y ahora necesitas un último truco especial para cerrar tu número de magia.

En ese momento apareció Susi.

—Oye, ¿puedes hacerla desaparecer?

—No tiene gracia —refunfuñó mi hermana.

—No, no sé hacer eso —respondió el abuelo—, pero quizá pueda ser tu asistente en el último gran truco.

—¿Qué? —protestó Susi—. ¿Por qué voy a tener que ayudar a ese cabeza de chorlito?

—Porque es tu hermano y lo quieres mucho —dijo el abuelo guiñándole un ojo—. ¿Qué me dices, cariño?

—¿Y qué tengo que hacer?

—Calixto va a hacer flotar la varita

mágica. El público creerá que un fantasma golpea la mesa con la varita. Calixto pondrá la varita entre dos velas y luego dirá unas palabras mágicas mientras tú, sin que nadie se dé cuenta, tiras de un hilo muy fino que estará atado entre las dos velas. Parecerá que la varita está golpeando la mesa ella sola.

—¡Ese truco sí que va a causar sensación! —dije emocionado—. ¿Qué crees, Susi?

—Será fantástico —dijo entusiasmada—. ¿Puedo ponerme algo especial para el espectáculo?

—Si me echas una mano te dejaré ponerte lo que tú quieras —dije.

—¡Cuenta conmigo!

—Susi, eres la mejor hermana del mundo entero.

—Ya lo sé —respondió con una sonrisa.

—¡Estupendo! Entonces estamos listos —dijo el abuelo Dave—. Calixto el Grande, mañana tú serás la gran estrella.

# CAPÍTULO 9

# La hora de la verdad

Al fin llegó el gran día. Todos los niños estaban entusiasmados.

Cleo dio unos saltitos sobre las puntas de los pies y exclamó:

—¡Admiren mi belleza! Mi abuela me ha dicho que voy a ser la estrella más luminosa del espectáculo.

—Hoy no —me susurró el abuelo—. Hoy no.

En ese momento llegó Sonia con su abuela.

—Abuela, ¿te acuerdas de mi amigo Calixto? Calixto, ¿te acuerdas de mi abuela María?

—Claro que sí. Hace los mejores tamales del mundo entero —dije—. ¡Hola! Estos son mis abuelos Dave y Rose.

—Encantado —dijo mi abuelo extendiendo la mano a María.

Fuimos todos a sentarnos.

—Sonia es muy linda, Calixto —dijo mi abuela.

—Es su novia —dijo Susi.

—¡Cierra el pico!

—Ya basta —dijo mi abuela.

—Susi, ¿quieres dejarlo en paz, por favor? Este es el día especial de Calixto.

Cuando nos sentamos, vi a Maxi. Estaba solo. Me acordé de que no tenía abuelos. Sabía que sus padres estaban trabajando y que no veía mucho a su papá, pero ¿por qué no había acudido algún vecino o algún amigo adulto?

—Miren. Ahí hay un muchacho solo —dijo la abuela—. Calixto, ¿por qué no vas y le preguntas si quiere sentarse con nosotros?

¿Se había vuelto loca? ¿Pedir a Maxi, el abusón más abusón de todo quinto grado, la persona que se dedica a hacerme la vida imposible, que se siente con nosotros?

—Creo que está bien ahí —dije.

—Calixto, nadie debe estar sin su abuelo el Día de los Abuelos —me dijo dándome un leve empujoncito hacia Maxi.

—Pero abuelo… es Maxi.

—¿Maxi? ¿El chico del que me contaste?

—Sí, el auténtico.

—Ah, ahora lo entiendo. De todas formas, que él sea malo y desagradable no es ninguna excusa para que tú lo seas. Vamos. Díselo. Como suelo decir, mátalo de amor.

Me levanté y me acerqué sin mucho entusiasmo a Maxi.

—¿Sí? ¿Se puede saber qué quieres, Inútil? —dijo Maxi sin levantar la mirada.

—Bueno, venía a ver si querías sentarte allí con mis abuelos y conmigo.

—Ja, ja, ja. Eres muy chistoso, pero no estoy de humor para bromas —respondió Maxi.

De pronto, Maxi me dio lástima. Parecía estar muy triste.

—No, te lo digo en serio. ¿Por qué no vienes y te sientas con nosotros? Hoy puedo compartir a mis abuelos contigo.

Miró hacia arriba.

—¿De verdad?

—Sí, vamos.

Maxi y yo fuimos adonde estaban Susi y mis abuelos.

—Ah, este debe ser Maxi —dijo el abuelo—. Encantado de conocerte. ¿Te gustaría ser mi nieto por un día?

No podía creerlo. Maxi estaba sonriendo.

—Estooo... bueno, claro. Gracias —dijo mientras se sentaba con nosotros.

—Ahora sí que eres Calixto el Grande —me susurró el abuelo al oído—. Te quiero.

En ese momento, la Srta. Prats salió al escenario.

—Hola a todos. Por favor, tomen asiento. Me gustaría darles la bienvenida al espectáculo del Día de los Abuelos, aquí en la Sala 3. Esta noche tenemos entre nosotros a un nutrido grupo de jóvenes talentos. Sé que lo van a pasar en grande. En primer lugar, quiero presentarles a Maxi Sellars, que va a tocar los bongós.

—¡Dale, Maxi! —gritó el abuelo—. ¡Demuéstrales lo que vales!

¡Menuda sorpresa! Maxi tocaba los bongós realmente bien. Al terminar, todo el mundo aplaudió con entusiasmo.

—Has estado magnífico —le dijo el abuelo.

—Gracias —dijo Maxi con una leve sonrisa.

Luego salió Cleo, y me alegra poder decir que en cuanto subió al escenario, se tropezó y cayó. Lo merecía por presumida.

Sonia hizo su número de baile flamenco

como una auténtica profesional. Se veía de lo más linda con su vestido de volantes.

—¡Bravo, mi niña! —exclamó su abuela lanzando un clavel al escenario.

Robi salió con una flecha de mentira que parecía atravesarle la cabeza de lado a lado.

Luego contó varios chistes realmente divertidos.

El que más gracia me hizo fue este: "¿Por qué las ovejas dicen beeee? Porque no quieren ir ellas".

Finalmente me tocó a mí.

—Y ahora, Calixto Fin va a hacer una serie de trucos de magia —dijo la Srta. Prats.

—¡Dale, campeón! —dijo el abuelo mientras yo subía al escenario.

Me salieron todos mis trucos a la

perfección. Y luego llegó el momento cumbre de mi actuación.

—Ahora, damas y caballeros, necesitaré la colaboración de mi asistente, Susi, que subirá al escenario a ayudarme con mi último truco. Susi tiene que aguantar estas dos velas.

Susi se subió al escenario vestida con un leotardo rosado y una capa con una cenefa de piel.

—¿Lista?

—¡Lista! —contestó enseñándome su dedo pulgar—. Lo vas a hacer muy bien.

—Damas y caballeros, este truco se llama la "Varita Fantasma". Voy a poner la varita entre dos velas y cuando diga mis palabras mágicas, se moverá por sí sola. Por favor, presten atención. Abracadabra, espíritu de primer grado, manifiéstate y mueve esta varita.

Susi dio un tironcito de la cuerda y la varita empezó a dar golpecitos sobre la mesa. Todos estaban asombrados.

—¡Increíble! —dijo Maxi—. ¿Cómo lo ha hecho?

Los niños y los abuelos se pararon y me aplaudieron.

Al volver a mi asiento mi abuela me abrazó.

—Has sido la estrella del espectáculo —dijo.

—Estoy muy orgulloso de ti, Calixto —dijo el abuelo.

—Es cierto —dijo Maxi—. Has estado increíble.

—¿Me estás diciendo que ya no me consideras un inútil?

—Ningún inútil podría hacer trucos como esos.

Busqué la mirada de mi abuelo y le sonreí. Él me guiñó un ojo.

Ahora solo me queda un gran truco por aprender:

¡Hacer desaparecer a Susi!

QUERIDO LECTOR:

Llevo muchos años de maestra y año tras año mis estudiantes hacen un espectáculo para los padres. A todos les hace mucha ilusión actuar, pero a algunos les asusta un poco salir en frente de tanta gente.

Hace varios años, un niño se puso tan nervioso que vomitó en mis zapatos. Para que no se pongan tan nerviosos, les digo que se imaginen a cada uno de los miembros del público en ropa interior. Cuando les digo eso se ríen y olvidan su nerviosismo.

Estoy segura de que tú también has participado en algún espectáculo de tu escuela. ¿Has participado alguna vez en una demostración de talentos? ¡Me encantaría que me lo contaras! Puedes escribirme a:

Ready, Freddy! Fun Stuff
c/o Scholastic Inc.
P.O. Box 711
New York, NY 10013-0711

Espero que hayan gozado tanto leyendo *Crisis de talento* como yo escribiéndolo.

¡FELIZ LECTURA!

Abby Klein

# Pasatiempos de Calixto

## NOTAS SOBRE TIBURONES DE CALIXTO

¡Los tiburones también tienen talento! El tiburón mako es uno de los tiburones más rápidos del mundo. Puede nadar a más de 22 millas por hora.

El gran tiburón blanco puede devorar unas 11 toneladas de comida al año.

Los tiburones tigre comen de todo. En su interior se han encontrado cosas increíbles como una cabra, botellas de cristal, ¡y hasta pares de zapatos!

La pintarroja bambú es un tiburón capaz de sobrevivir hasta 12 horas fuera del agua.

El pejegato hinchado es capaz de inflarse de aire o agua hasta alcanzar el doble de su tamaño normal.

# EL TRUCO DE LA
# VARITA FANTASMA

¿Crees en los fantasmas? Tus amigos sí
lo harán cuando les presentes este truco.

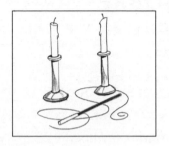

**Nota:** Para este truco necesitas un trozo de hilo de nylon, dos velas y dos candeleros. También necesitas una varita mágica y un ayudante.

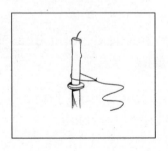

**1.** Ata un extremo del hilo de nylon a una vela.

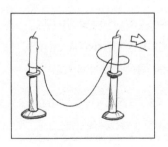

**2.** Sujeta el otro extremo del hilo y dale una vuelta alrededor de la otra vela, pero sin atarlo. Deja el extremo del hilo colgando para que puedas tirar de él.

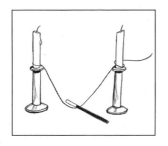

**3.** Pon las dos velas en sus candeleros y estos sobre una mesa.

**4.** Pon la varita sobre el hilo que reposa sobre la mesa.

**5.** Cuando estés listo, ponte detrás de la mesa y di: "Creo que hay un espíritu en esta habitación. Cuando diga las palabras mágicas el espíritu hará que la varita que hay en la mesa se mueva. Abracadabra, espíritu, manifiéstate."

**6.** En ese momento tu ayudante tirará del hilo que dejaste colgando a la izquierda. Esto hará que la varita golpee la mesa.

¡Tus amigos quedarán boquiabiertos!

# EL ALFILER
# EN EL DEDO

¡Cuando hagas este truco, el público quedará asombrado de tu capacidad para resistir el dolor!

**Nota:** ¡No hagas este truco sin la supervisión de un adulto y nunca te claves el alfiler en tu dedo de verdad!

**1.** Pide a un adulto que talle un trozo de papa con la forma de tu dedo pulgar.

**2.** Sujeta la papa en la mano izquierda y dobla el dedo gordo sobre la palma de tu mano de manera que no se vea. Tápate toda la mano con un pañuelo.

**3.** Luego di: "Damas y caballeros, presten atención. Voy a clavarme un alfiler en el dedo gordo". Luego clava el alfiler en el trozo de papa. Todos creerán que te lo has clavado en el dedo.

# LOS MEJORES CHISTES
# DE ROBI

Estos son algunos de los chistes que
contó Robi en la demostración de
talento. Puedes contarlos a tus amigos.

¿Cuál es mayor, el sol o la luna?

*La luna porque puede salir de noche.*

¿En qué se parece un toro a otro toro?

*En toro.*

¿Qué le dice un semáforo a otro?

*No me mires que me estoy cambiando.*

¿Por qué está triste el libro de matemáticas?

*Porque tiene muchos problemas.*

¿Qué le dice un bombillo a otro en una fiesta?

*Te noto como apagado.*

¿Y qué le responde el otro?

*Estoy fundido.*

# ¿Estás listo para Calixto?

Calixto está dispuesto a hacer lo que sea por perder un diente. ¡Hasta buscarse un lío con su mamá!

Ahora que Calixto ha encontrado algo perfecto para mostrar en clase, ¿cómo lo llevará a la escuela sin que nadie se entere?

Ha llegado el día de las calificaciones y la investigación nocturna de Calixto tiene consecuencias inesperadas.

¿Podrá Calixto ganarle al abusón de Maxi y conseguir el puesto en el equipo de hockey?

## ¡NO TE PIERDAS LAS OTRAS AVENTURAS DE CALIXTO!